PELIGRO EN EL VECINDARIO

por Erica David
dibujado por Mike Morris • coloreado por Ute Simon

SCHOLASTIC INC.

New York   Toronto   London   Auckland   Sydney
Mexico City   New Delhi   Hong Kong   Buenos Aires

Published simultaneously in English as *Over the Hedge: There Goes the Neighborhood*

No part of this work may be reproduced in whole or in part, stored in a retrieval system, or transmitted in any form or by any means, electronic, mechanical, photocopying, recording, or otherwise, without written permission of the publisher. For information regarding permission, write to Scholastic Inc., Attention: Permissions Department, 557 Broadway, New York, NY 10012.

Over the Hedge TM & © 2006 DreamWorks Animation L.L.C.
Translation copyright © 2006 by Scholastic Inc.

Published by Scholastic Inc.
SCHOLASTIC and associated logos are trademarks and/or registered trademarks of Scholastic Inc.

ISBN: 0-439-80906-1

12   11   10   9   8   7   6   5   4   3   2   1   6   7   8   9   10/0

Designed by Michael Massen
Printed in the U.S.A.
First printing, May 2006

En lo profundo del bosque, el invierno dio paso a la primavera. La tortuga Verne despertó de su sueño invernal.

—¡Oigan todos! —dijo—. ¡Se acabó la hibernación!

Uno por uno, los animales salieron de sus guaridas.
Bostezaron y se estiraron.

—¡Es una mañana estupenda! —les dijeron Lou y
Penny a sus hijos.

La ardilla Hammy salió de una montaña de hojas.

—¡Tengo que hacer pipí! —gritó y corrió hacia el bosque.

—Escúchenme todos —dijo Verne—. Es primavera y ya saben lo que eso significa. Solo nos quedan 274 días para recoger comida para el invierno que viene.

—¡Vamos, chicos, a trabajar! —exclamó Lou.

—¡Verne! —gritó Hammy dando saltos—. ¡Hay
una cosa muy rara en el bosque! Da mucho miedo.
Síganme.

Los animales siguieron a Hammy hasta el límite del bosque. Entonces lo vieron: una cosa verde, grande y con hojas…

—¡Caracoles! —exclamó Penny.

—¡Mami, tengo miedo! —dijo Agujín, el pequeño puerco espín.

—¿Te daría menos miedo si supieras cómo se llama? —preguntó su mamá.

—¡Vamos a llamarlo Steve! —dijo Hammy.

—Es algún tipo de arbusto —dijo Verne—. Voy a investigar.

Respiró hondo y se metió entre las hojas.

Verne pasó al otro lado de "Steve" y se encontró con el sitio más raro que había visto en su vida. La hierba que pisaba había sido cortada y arreglada. Encima había unas formas grandes y extrañas.

"¿Qué será esto?" se preguntó.

Verne se adentró más en esta nueva tierra tan
extraña. De repente, se tropezó con un sapo.

—Hola —dijo Verne. Como respuesta, el sapo
saltó y le escupió en la cara. ¡No era un sapo! ¡Era
una boca de riego!

Verne se apartó y se golpeó con una pared. Una
bola tembló, cayó y salió rondando detrás de él.

—¡Eeeh! —gritó Verne y se metió en su caparazón. La bola se estrelló contra él y lo hizo salir volando por los aires.

Verne aterrizó en un autito de juguete. Antes de que pudiera recuperar el aliento, el autito salió rodando por la calle ¡y acabó enfrente de un monstruo gigante de metal!

—¡Socorro! —gritó Verne.

De repente, el autito chocó contra un buzón.
Verne salió disparado a la calle. Miró hacia arriba y
vio unas criaturas inmensas caminando hacia él.

Tenían ruedas en los pies ¡y palos!
"¡Ay, no!" pensó Verne cuando una de las
criaturas lo golpeó con el palo y lo hizo salir
volando de vuelta al seto.

Verne aterrizó delante de sus amigos.

—¿Qué hay ahí? —preguntaron.

—¡Creo que son humanos! —dijo Verne—. Pero eso no es lo peor… ¡la mitad del bosque ha desaparecido!

—¿Cómo vamos a encontrar comida? —preguntó Stella, el zorrillo.

—Tengo una idea —dijo una voz desde un árbol.
Los animales miraron hacia arriba y vieron a un
mapache que bajaba hacia donde estaban ellos.
—Me llamo RJ —explicó el mapache—. Y esto
se llama "seto".
RJ señaló el arbusto. Los animales estaban
impresionados.

—No pude evitar oírlos —dijo RJ—. Los puedo ayudar con su problema de comida.

—¿Cómo? —preguntó Hammy.

—Al otro lado del seto hay mucha comida —contestó RJ.

—De eso nada —dijo Verne—. Es demasiado peligroso. No nos interesa.

—¿No les interesa la comida más deliciosa que
hayan probado? —preguntó RJ. Abrió una bolsa de
nachos. El maravilloso aroma cautivó a todos los
animales menos a Verne.

—¡No! ¡No nos interesa! —insistió Verne. Pero sus
amigos sí estaban interesados.

Esa noche, RJ llevó a los animales al otro lado del seto.
—Bienvenidos a los suburbios —dijo.
Las luces del jardín iluminaban las bocas de riego de las
ue salía agua, como en las fuentes.
—¡Oooh! —exclamaron los animales asombrados.

—Nosotros comemos para vivir. Los humanos viven para comer —explicó RJ—. ¡Miren!

Los animales vieron comida por todos lados. Había un señor cocinando salchichas. Cerca de él había una nevera repleta de comida.

Había humanos sentados a una mesa llena de comida. ¡Y hasta llegaba comida a las casas en autos que tenían forma de comida!

—¡Los humanos tienen demasiada comida! —dijo
RJ—. La comida que no quieren la ponen en estas lata
plateadas y brillantes, ¡para nosotros!

Derribó uno de los botes de basura y salió comida.

—¡Sírvanse! —dijo RJ.

Cuando los animales estaban disfrutando del festín, apareció un humano inmenso en el jardín.

—¡Fuera! ¡Fuera! —gritó. Intentó golpear a los animales con una escoba y los persiguió hasta el seto.

—Verne tenía razón —dijo Penny—. Eso fue horrible.

Verne observó a RJ. Había algo en ese mapache que le molestaba. Reunió a la familia del bosque a su alrededor.

—No queremos saber nada de lo que hay al otro lado del seto —dijo, dándole la espalda a RJ y alejándose de él. Los demás animales lo siguieron.